JULES DE GÈRES

# NOËL

## LAMENTATION ÉPISODIQUE

BORDEAUX

IMPRIMERIE G. GOUNOUILHOU

11, rue Guiraude, 11

1863

# NOËL

C.

JULES DE GÈRES

# NOËL

## LAMENTATION ÉPISODIQUE

BORDEAUX

IMPRIMERIE G. GOUNOUILHOU

11, rue Guiraude, 11

1865

A Son Éminence

## MONSEIGNEUR LE CARDINAL DONNET

# NOËL

## LAMENTATION ÉPISODIQUE [1]

---

« Par quelle sorte de vertige l'homme des champs abandonne-t-il donc son village pour courir les hasards des grandes cités? Comment expliquer l'entraînement qui le pousse trop souvent à la ruine de ses espérances et de son bonheur?

» Nous pourrions en signaler la cause dans le besoin de tout voir, de goûter de tout; de là naissent en effet les appétits sensuels d'une nature dont nous ne savons pas réprimer les mouvements; *cette vague inquiétude qui nous fait jeter les regards sur les lointains horizons...* »

LE CARDINAL DONNET.

## I

MONTAGNARDS, PAYSANS. (Sac à l'épaule.)

Descendons, descendons les berges des longs fleuves,
Les versants des forêts, les pentes des coteaux,
Remplissons les chemins, les convois, les bateaux,
Assez de patience, et d'attente, et d'épreuves,
La glèbe est infertile, alerte! — aux plages neuves!

(1) Extrait d'un volume inédit qui a pour titre : — *Le Mal du Pays.* —

## LES CHAMPS.

Qui nous défrichera? Qui nous cultivera?
Quand, les regains fanés, octobre arrivera,
Qui répandra le grain dont l'herbe nous décore?
Le soc terni se rouille entre nos durs sillons.
L'alouette demande où sont les bouvillons.
Elle et nous, au repos nous préférons encore
La clameur des bouviers lançant leurs aiguillons!

### MONTAGNARDS, PAYSANS. (Partant.)

Frères! Sœurs! émigrons! l'exil est la sagesse!
Adieu, terre stérile! avare de largesse!
Sur ton vieux sein tari nous luttons sans honneur.
Courons vers les cités, c'est là qu'est la richesse,
Le facile travail, la joie, et le bonheur!

### VOIX CÉLESTE.

Quel triste aveuglement loin du seuil les emporte?
O mirages trompeurs des destins inconnus!
Que d'autres avant eux fermant ainsi leur porte
Et partis pleins d'espoir, ne sont pas revenus!

## II

UN ORMEAU.

Chaque jour de nos fils voit s'amoindrir le nombre.
Deux familles jadis travaillaient à mon ombre,
Rivales de vaillance, émules de santé.
De leur double héritage, aux alentours vanté,
L'enclos était fécond, la récolte certaine.
On avait le lavoir, le bûcher, la fontaine,
Le gai cellier, le four, l'étable, et le grenier.
J'ai vu là des heureux!... Noël fut le dernier.

UNE CHAUMIÈRE VIDE. (Avec intérêt.)

Vous connaissiez Noël?...

L'ORMEAU.

Sainte reconnaissance
Qui lui donna le nom du soir de sa naissance!
Un blanc feu de genêts craquait dans l'âtre clair,
Le mousquet des aïeux partait comme l'éclair,
On s'embrassait de joie, on dansait! — Jusqu'au faîte,
Chaumière, vous aviez un air de bonne fête,
Les parents, les amis, les voisins, tous, — heureux,
Ne demandaient au Ciel que des ans plus nombreux!

1.

Alors, le bonheur vrai suffisait..... Une mère
Ne berçait pas son fils d'une vague chimère,
Avoir peu, mais l'avoir, c'était déjà beaucoup,
On ne redoutait pas un subit contre-coup,
L'aisance, suffisante, économe, assurée,
Au trésor engerbé se tenait mesurée ;
La veille prélevait l'écot du lendemain,
L'existence était simple, égale, sous la main,
Exempte de terreurs, de contraintes serviles,
Mais, la voix du Progrès.....

### LA CHAUMIÈRE VIDE.

Maudites soient les villes !

### L'ORMEAU.

Il vint un beau parleur, hôte vil du fermier.
— « O honte, disait-il, — moisir dans ce fumier !
» Hiver, été, pieds nus, avec ces mains noirâtres,
» S'exténuer, voûtés, sur vos landes marâtres,
» User toute une vie, — et pour quel résultat ?
» Est-ce digne de vous ? — n'est-il pas d'autre état ?
» L'argent et le repos ont fui dans l'Industrie,
» Une fortune attend celui qui s'expatrie,
» Un avenir nouveau pour les peuples a lui.....
» Pierre est riche, — partez, et... riches comme lui
» Vous reviendrez !... » — Chacun doutait. — Un pauvre père
Pâlissant, mais tenté par le retour prospère,

Décroche son bâton des pieds du Crucifix,
Et, détournant ses pleurs, embrasse ses deux fils....

LA CHAUMIÈRE VIDE.

Villes, je vous maudis !

L'ORMEAU.

L'aîné voulut le suivre.
La mère, sans eux deux n'ayant pas cœur à vivre,
Et faible pour la peine, en tomba de chagrin.
Noël se trouva seul, avec trois sacs de grain
A semer, — et son deuil. — Pauvre toit sans fumée ! —
Enfant, il fourrageait la clairière charmée.....
Il grandit vigoureux, tendant ses fiers poumons
A l'air sauvage et fort ruisselant de ces monts,
Ardent à la charrue, à la faulx, à la bêche,
Son bras souple et nerveux toujours nu sur la brèche,
Gonflant de revenus un libre capital,
Jusqu'au jour où le Siècle, — enseignement fatal ! —
Lui parlant de ses droits, et des ères prédites,
Et de ses libertés.....

LA CHAUMIÈRE VIDE.

Villes, soyez maudites !

## III

MONTAGNARDS, PAYSANS. (Dans le lointain.)

Descendons les forêts, les vallons, les coteaux,
Remplissons les chemins, les convois, les bateaux,
Assez de patience, et de lutte, et d'épreuves,
Frères ! Sœurs ! émigrons ! Allons aux plages neuves,
Courons vers les cités.....

LA GRANDE VILLE. (A part.)

J'ai leurs chants en pitié.
De ces fous confiants, abusés, la moitié
Pleurera sur mes bords la rive délaissée.
Agneaux, à l'abattoir, ils vont tête baissée,
Séduits par les dehors de mon luxe anormal...
Comment les détromper ?... leur gaîté me fait mal.

(Haut.)

Peuples qui m'approchez, restez saisis de crainte !
Un Dédale infernal dressa mon Labyrinthe ;
Je suis le Minotaure affamé, rugissant,
Il me faut vos amours, vos forces, votre sang !
La Mort, que je pourvois, élargit mon domaine,
Pour nourrir ses tombeaux je vis de chair humaine !
Malheur aux imprudents par mon gouffre entrepris :
Mon vertige étourdit les plus fermes esprits ;

Je tente la vertu, j'éblouis la sagesse,
J'éteins l'âme et le corps.....

MONTAGNARDS, PAYSANS. (Approchant.)

C'est là qu'est la richesse,
C'est là qu'est le repos, la joie et le bonheur !

LA GRANDE VILLE.

Ainsi chantait Noël, le brillant moissonneur !

LA CAMPAGNE.

Noël? — Je l'ai connu. J'entourai sa jeunesse.
Son frère lui vendit ses minces droits d'ainesse,
Son courage, à dix ans, commençait à germer;
J'ai vu s'ouvrir ses yeux.....

LA GRANDE VILLE. (A part.)

Je les vois se fermer.

LA CAMPAGNE.

Heureux, il égayait une heureuse chaumière,
Éclatante de bruits, d'abeilles, de lumière...
Sans trop de mal lui-même il agençait son bien,
Ayant un peu de tout pour vivre...

14.

LA GRANDE VILLE. (A part.)

Il n'a plus rien!

LA CAMPAGNE.

Riche de prévoyance, — infaillible ressource, —
Son patrimoine était l'intarissable source;
Dieu n'abandonnait pas l'intrépide orphelin,
L'été lui mûrissait de blancs chanvres, du lin,
Et lorsque la gelée avait durci la plaine,
Ses moutons engraissés l'habillaient de leur laine.
A ses moindres besoins il était subvenu...

LA GRANDE VILLE. (A part.)

Sans le drap qui le couvre, hélas! il serait nu!

LA CAMPAGNE.

Chez moi, toujours exact à l'épargne qui serre,
Il avait l'abondance!

LA GRANDE VILLE. (A part.)

Et chez moi la misère,
Compagne de l'orgueil qui dissipe et qui perd.

LA CAMPAGNE.

Aussi, rangé, prudent, calculateur expert,
En théorie habile, en pratique science,
Il avait tout appris.....

LA GRANDE VILLE. (A demi-voix.)

Hormis l'Expérience,
Et la Faim.....

LA CAMPAGNE.

Puis, ici, tout est vrai, tout est sûr.
Il trempait de lait chaud le pain de froment pur,
Buvait le vin puissant, l'eau frissonnante et fraîche,
Cuisait l'œuf tiède encor des souffles de la crèche,
Cueillait mûrs les beaux fruits de pourpre et de vermeil ;
Il avait l'appétit, la gaîté, le sommeil.....
Mais il voyait, de loin, dans les chaudes soirées,
Miroiter au couchant tes coupoles moirées,
Tes ardoises d'azur, et, son chaume natal
Lui pesant ; il partit, un soir.....

LA GRANDE VILLE. (Haut.)

Pour l'Hôpital !

### LA CAMPAGNE.

Noël ! !...

### LA GRANDE VILLE.

Un Dieu l'endort sous mes froides ténèbres.
L'air manque à ses vingt ans dans nos dortoirs funèbres.
Sous les plâtres glacés du banal corridor
Il rêve aux foins en fleur, aux épis d'ambre et d'or,
O campagne ! Il aspire à tes vives haleines,
Il pleure ton bois vide et tes rivières pleines,
Ton soleil généreux, tes salubres sueurs,
Tes chansons de veillée aux tremblantes lueurs,
Et, — pauvre moribond, — jusqu'à ton cimetière,
Tertre vert, d'où la mort voit la vallée entière !

### LA CAMPAGNE.

On pardonne aux ingrats; qu'il vienne !...

### LA GRANDE VILLE.

Il est trop tard !
Mon serpent corrupteur l'a flétri de son dard.
Un venin dissolvant s'acharne dans ses veines...
Adieu ! senteurs des prés ! lavandes et verveines !
Coupes de sève ardente et de sobre vigueur,
Rejaillissez ! — Noël s'éteindra de langueur.

## VOIX CÉLESTE.

O charmes embaumés de sa limpide enfance,
Paradis éternel, ouvert, et sans défense,
Qu'on n'abandonne un jour que pour le regretter,
Comment, s'il vous aimait, a-t-il pu vous quitter?

# IV

## L'ORMEAU.

Les heures des vivants s'arrêtent, — condamnées.
Un oncle de Noël, athlète mûr d'années,
Vétéran de labeur, de succès, de vertu,
Que rien n'avait lassé, rien n'avait abattu,
Vient enfin, se rendant à l'humaine faiblesse,
De clore sans remords une utile vieillesse.
Jamais on ne le vit malade, — le travail,
L'exercice joyeux, le pain parfumé d'ail,
L'espoir, la belle humeur, la droite conscience,
Les revers passagers pris avec patience,
La sérénité d'âme et la santé du cœur,
De l'épreuve des jours l'avaient sorti vainqueur.
Serviteur bénissant le maître qui délivre,
Ayant fini sa tâche, il a fini de vivre.
Un sourire dernier, beau de calmes attraits,
Pour ne les plus quitter s'est empreint sur ses traits.
Sa noble tête, calme, et de foi couronnée,
Semble dire aux regards : — « J'ai comblé ma journée! » —
Sur ce front reposé, nul regret, nul effort,
Rien d'affreux ni d'amer, rien qui sente la mort.
On peut, le contemplant dans une juste envie,
Penser qu'il vit déjà d'une plus large vie.
Comme au beau jour natal, c'est fête sous son toit,

Chacun lui rend en paix l'hommage qu'on lui doit,
Et sur ses mains, qu'enlace une suprême étreinte,
Secoue avec respect le laurier plein d'eau sainte.


S'élançant du clocher qui pointe dans les airs,
Vibrant sur les coteaux, les bois, les champs déserts,
La cloche qui sonna le baptême, la noce,
Appelle la contrée autour d'une humble fosse.
Ceux de la côte, ceux des plaines, du hameau,
En silence arrivant se groupent sous l'ormeau,
Et, le maintien pieux, la tête découverte,
S'abritent sous l'arceau de la branche encor verte.
Un blond rayon d'automne a fondu le brouillard;
Il fait beau. — Les anciens, aux jeunes, du vieillard,
En attendant le coup prêt à frapper l'horloge,
Avec recueillement font l'unanime éloge.
De l'ami, du conseil que chaque âge a perdu,
On raconte un bon mot, un service rendu;
On vante sa justice et son humble génie,
Et de l'homme de bien la mémoire est bénie.


Vingt bras, de le porter se disputent l'honneur.
Le prêtre, les enfants, le chantre, le sonneur,
S'avancent, — la croix haute, et chantant; — sur deux lignes
Suit l'assistance; — on part, on traverse les vignes,
On gagne en serpentant, le rosaire à la main,
Le sentier qui descend de la ferme au chemin;
Plusieurs, de loin venus, postés là pour attendre,

Rejoignent le convoi que des pleurs font entendre;
Les derniers arrivés, écartant le bedeau,
Aux porteurs, résistant, arrachent leur fardeau,
Et, jusqu'au champ mûré qu'orne l'antique saule,
Le doux poids, va, léger, de l'une à l'autre épaule.
Là, le pasteur ému, sous l'œil brûlant de Dieu,
Au défunt regretté paye un sincère adieu;
Et tous, plongeant au sol la pelle funéraire,
Jettent un peu de terre au chevet de leur frère.

Mais à son souvenir chacun reste lié;
Si Nestor est absent, il n'est point oublié.
Il aura son carré treillagé de pervenches,
Dans un cadre vitré ses noms en lettres blanches,
Son âge, ses travaux; — devançant la saison,
La Prière, à genoux, fleurira son gazon,
Et le Dimanche, tous, en revenant du temple,
Diront qu'après sa mort il sert encor d'exemple.


### VOIX CÉLESTE.


Cultes attendrissants! aimables piétés!
Survivance des cœurs et des fidélités!
Des siècles dédaignés tradition sublime!
Grâce à vous, nul ne va tout entier dans l'abîme,
Et son esprit, fidèle aux esprits qu'il forma,
Demeure et vit longtemps au pays qui l'aima.

# V.

## LA GRANDE VILLE.

Au seuil morne et sinistre où frappe la souffrance,
Un timbre, obscur signal d'obscure délivrance,
Retentit, glas livide. — Au fond du promenoir
Apparaît un brancard drapé d'un lambeau noir.
Quatre porteurs publics sont prêts. — Un battant s'ouvre ;
Armé du lourd trousseau, le gardien se découvre,
Distrait, par habitude, — et le verrou de fer
Laissant partir la mort de ce terrestre enfer,
Rive sur les mourants la porte colossale.
C'est le numéro vingt de la septième salle,
Vulgaire épave offerte à mon avide écueil,
Dont le cadavre sort. — Nul ne suit le cercueil.
Étranger, inconnu, dans la rue affairée,
Il va seul, dérangeant une foule ignorée,
Heurtant l'indifférence, et ne rencontrant pas
Un regard d'intérêt suivant ses derniers pas.
De ces vivants pressés, à peine un petit nombre
Donne un signe de croix en aumône à cette ombre.
Sans amis, l'oublié rejoint l'immense oubli.
Il tarde à ces huit bras qu'il soit enseveli.
Ils traînent en courant une charge importune,
L'étendent au hasard dans la fosse commune,
La couvrent à la hâte, et deux flèches de bois

Sans couronne, sans nom, d'une éphémère croix
Surmontent les six pieds loués à sa dépouille.
Loués, hélas! — bientôt la sacrilège fouille,
Violant sans pudeur le plus saint des repos,
Pour faire place aux chairs dispersera les os.
A quoi bon m'encombrer d'une poussière vile!
Le lit du grand sommeil, près de moi, Grande Ville,
Mesure, au poids de l'or, son espace et le temps.

## VI

Cependant, les oiseaux chantaient dans le printemps
Par les soupirs de mai la campagne attendrie
Courbait sa tête en fleurs sur la source amoindrie ;
Et tendant son toit d'or au soleil éternel,
La chaumière disait : — « Connaissiez-vous Noël ? » —
Les champs abandonnés, perçant leur croûte dure,
D'eux-mêmes se couvraient d'une folle verdure,
Et pensaient : — « Quand, en pleurs, Octobre arrivera,
» Qui prendra la charrue et nous labourera ? — »

MONTAGNARDS, PAYSANS. (Entrant en ville.)

Adieu, terre stérile, avare de largesse !
Sur ton sein dégonflé nous luttions sans honneur.
Entrons dans les cités, c'est là qu'est la richesse,
Le travail attrayant, la joie et le bonheur !

www.ingramcontent.com/pod-product-compliance
Lightning Source LLC
Chambersburg PA
CBHW061609180626
46818CB00005B/2018

# DEUX DIALOGUES

## EN VERS

# POUR LA SAINTE-ENFANCE

### AVEC UNE PETITE NOTICE SUR L'OEUVRE

par l'abbé E. Gonnet

Aumônier du Sacré-Cœur d'Avignon

I. EUGÉNIE ou le Zèle victorieux.

II. AGATHE ou l'Heureuse surprise.

PRIX : 30 CENTIMES.

## AVIGNON

### AUBANEL FRÈRES, ÉDITEURS

IMP. DE N. S. P. LE PAPE ET DE MGR L'ARCHEVÊQUE

Place Saint-Pierre, 9.

**1868**

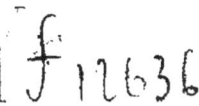

Imprimatur :

† LUDOVICUS-ANNA ,

*Arch. Avenionensis*

## EXTRAIT

*D'une lettre de M. le Directeur de la Sainte-Enfance.*

Nous vous remercions de l'intérêt 'que vous daignez prendre à notre Œuvre , et nous ne pouvons qu'applaudir à ce que vous faites en sa faveur.

Vos Dialogues, très-intéressants et adaptés aux auditeurs auxquels ils s'adressent, atteignent parfaitement le but que vous vous êtes proposé en les écrivant, et encore une fois nous ne pouvons que vous en être profondément reconnaissants.

*Paris , 30 mars 1868.*

N. B. Il est bon de savoir que l'auteur laisse , au bénéfice de la Sainte-Enfance , le tiers du prix que coûtent ces deux Dialogues réunis. On peut donc, en les demandant, prélever soi-même 10 centimes que l'on voudra bien verser entre les mains du Directeur de l'Œuvre dans chaque localité.

# NOTICE

## SUR L'ŒUVRE DE LA SAINTE-ENFANCE (1).

Avant de donner un extrait du Règlement de l'OEuvre de la Sainte-Enfance et quelques explications authentiques de ce Règlement, il n'est peut-être pas hors de propos de rappeler que l'OEuvre de la Sainte-Enfance a été fondée par Mgr de Forbin-Janson (Charles), évêque de Nancy, mort en 1844, après une vie des plus saintes et des mieux remplies.

## EXTRAIT DU RÈGLEMENT.

L'OEuvre de la Sainte-Enfance est placée sous l'invocation de Jésus Enfant.

La-Très-Sainte Vierge en est la première patronne. Les SS. Anges Gardiens, S. Joseph, S. Fr.-Xavier, S. Vincent-de-Paul en sont les patrons secondaires.

Tout enfant baptisé peut être membre de cette Association.

Les enfants sont admis depuis l'âge le plus tendre jusqu'à leur première communion.

Les membres de l'OEuvre peuvent y demeurer *agrégés* jusqu'à l'âge de *vingt-un ans ;* jusqu'à cet âge aussi, les

(1) On a partagé en deux cette Notice, pour en faire comme deux prologues, dont la lecture sera très-utile à l'intelligence de chaque dialogue.

enfants qui ont fait leur première communion peuvent être *agrégés* ; mais à *vingt-un ans*, aucun d'eux ne continue d'en faire partie que s'il appartient en même temps à la grande Association de la Propagation de la Foi.

L'Association se partage en séries de douze membres, pour honorer les douze années de l'enfance du Sauveur. Douze séries forment une sous-division ; douze sous-divisions forment une division.

Chaque série a un collecteur, chaque sous-division un trésorier, chaque division un grand trésorier.

Le directeur spirituel de l'Association sera de droit M. le Curé de chaque paroisse dans laquelle elle s'établira, ou un prêtre délégué par lui pour le remplacer.

La cotisation pour chaque membre est de *cinq centimes* par mois.

------

## EXPLICATIONS.

L'OEuvre repose principalement sur la charité des enfants. Ce sont eux qui sont les *membres* de l'OEuvre. Ils ont la principale part dans les mérites et dans les prières des *Associés*. Il y a dans l'OEuvre une intention spéciale d'obtenir pour eux la grâce décisive d'une bonne première communion et la persévérance. Les Associés âgés de plus de 12 ans n'ont que le rang d'*Agrégés*, et après 21 ans ils ne peuvent appartenir à l'Association que s'ils s'inscrivent en même temps dans la grande OEuvre de la Propagation de la Foi. On reçoit cependant les offrandes de toutes personnes, associées ou non.

Les obligations des Associés sont 1° Un *Ave Maria* à réciter chaque jour aux intentions de l'OEuvre, en ajoutant : *Vierge Marie, priez pour nous et pour les pauvres petits enfants infidèles* ( il suffit d'attacher ces intentions à l'*Ave Maria* de sa prière du matin ou du soir) ; 2° *un sou* à donner chaque mois. Les parents peuvent remplir ces obligations pour leurs enfants trop jeunes.

L'OEuvre a reçu l'approbation des Souverains Pontifes Grégoire XVI et Pie IX et d'un grand nombre d'Evêques. Elle est enrichie d'indulgences.

## INDULGENCES

### ACCORDÉES A L'OEUVRE DE LA SAINTE-ENFANCE.

1° Indulgence plénière aux *Associés* qui assisteront, entre Noël et la Purification, à une messe dite pour les Associés vivants.

2° Indulgence plénière, *applicable aux défunts*, à gagner par les Associés qui assisteront, entre le II<sup>e</sup> Dimanche après Pâques et la fin du mois de Marie, à une messe dite pour les Associés défunts.

Nota. Ces deux Indulgences peuvent être gagnées, comme l'Indulgence plénière du Jubilé, *par les enfants qui n'ont pas encore fait leur première communion*. Le Souverain Pontife les dispense à cet effet de la communion, mais non pas de la confession ni des autres conditions.

3º Indulgence plénière aux Fêtes des Patrons de l'OEuvre, à la condition prescrite par le Souverain Pontife de prier pour l'accroissement de l'OEuvre de la Sainte-Enfance.

Les trois Indulgences plénières ci-dessus peuvent être transférées par NN. SS. les Évêques, et, avec leur consentement, par MM. les Curés et Directeurs de l'OEuvre, à d'autres mois et jours auxquels il leur semblerait plus utile de les transférer.

4º Indulgence plénière, *applicable aux défunts*, à gagner moyennant les conditions ordinaires, *au jour anniversaire du baptême* de tous les zélateurs et zélatrices, collecteurs et collectrices, directeurs et directrices de la Sainte-Enfance, tant par les susdits zélateurs, etc. eux-mêmes, que par leurs pères, mères, frères et sœurs.

Il y a encore plusieurs Indulgences *partielles*, entre autres celle-ci.

Indulgence de *quarante jours* à chacun des Associés et à toutes les personnes qui s'occuperont de l'OEuvre, à quelque titre que ce soit, toutes les fois que, par actions ou par paroles, ils s'appliqueront à accroître, favoriser ou défendre la pieuse Association, et à procurer par elle l'amour du Saint Enfant Jésus et le salut des âmes.

On a droit, par conséquent, à une Indulgence de ce genre, par la représentation de ce Dialogue dont le but est évidemment l'accroissement de l'OEuvre.

# EUGÉNIE

ou

## LE ZÈLE VICTORIEUX

—

### PERSONNAGES :

EUGÉNIE , agrégée à la Sainte-Enfance.
ANNA , enfant de la première communion,
LOUISE , maîtresse de chœur.
CHORISTES , au nombre de neuf.
L'ANGE de la Sainte-Enfance.

―――――――

## SCÈNE Ire.

### EUGÉNIE , ANNA.

#### EUGÉNIE.

Eh bien donc ! chère Anna, tu te rends aujourd'hui ?
Pour notre Sainte-Enfance, oh ! quel beau jour a lui !
Laisse que je t'inscrive.....

#### ANNA.

        Eugénie , à mon âge ,
On ne me verra point faire un enfantillage.
Songe que j'ai douze ans.

#### EUGÉNIE.

        Et moi, douze ans passés.
Et pourtant je suis loin de dire : c'est assez.
Et je ne suis pas seule : il en est beaucoup d'autres
Qui se font un honneur d'être toujours des nôtres.
J'étais *Associée*, avant le jour heureux
Où Jésus vint remplir le plus doux de mes vœux :
Depuis, j'ai dû changer de titre et non d'idée.

ANNA.

Ton titre est ?....

EUGÉNIE.

*Agrégée.* Allons ! sois décidée.

ANNA.

C'est l'œuvre des enfants : ou , si , comme tu dis ,
Je puis être agrégée, écoute un bon avis.
Par ton zèle indiscret pour cette œuvre nouvelle ,
Tu vas nuire aux progrès d'une œuvre encor plus belle.

EUGÉNIE.

*La Propagation ?*

ANNA.

*De la Foi* : t'y voilà.

EUGÉNIE.

Nous faisons du chemin : tant mieux ! j'aime cela.
Tu n'es plus trop âgée ainsi que tout-à-l'heure ?
Ta seconde raison sera-t-elle meilleure ?
Elle prend , je le vois , un air très-sérieux.
Mais , quand on l'examine et qu'on la juge mieux ,
On reconnaît bientôt que c'est l'indifférence
Qui cherche à se parer des traits de la prudence.

ANNA.

Il faudrait le prouver.

EUGÉNIE.

Loin de nuire aux progrès
De l'œuvre qui naquit sur le sol Lyonnais ,
La Sainte-Enfance vient, comme une sœur puînée,
Embellir de sa sœur la noble destinée.

ANNA.

La Propagation ne refuse aucun soin

Aux petits comme aux grands, quand ils en ont besoin.

EUGÉNIE.

Oui, mais, en se voüant à cette classe unique
Que décime à toute heure une coutume inique ,
La Sainte-Enfance ajoute aux admirables fruits
Que son illustre sœur avant elle a produits.
Des enfants rachetés qui nous dira le nombre ?
Par l'eau régénérés, les uns croissent à l'ombre
De monuments pieux , nommés orphelinats ;
Les autres, glorieux d'un précoce trépas ,
S'en vont peupler le ciel de myriades d'anges
Et chanter au Très-Haut des hymnes de louanges.

ANNA.

Tu fais de l'éloquence.

EUGÉNIE.

                    Et qui n'en ferait pas
En voyant susciter d'injustes embarras
A cette œuvre si belle et si compatissante ?
Du peu que l'enfant donne il faut qu'on se contente.
Quand il aura pris goût à faire des heureux
Vous le verrez sans peine accéder à vos vœux.
Attendez *vingt-un ans*. Ses ressources plus grandes
Lui permettent enfin de grossir ses offrandes.
On lui déclare alors qu'il va perdre à la fois
Son titre d'*Agrégé* comme aussi tous ses droits ,
S'il n'accepte à l'instant, pour étouffer la plainte ,
D'embrasser les deux sœurs dans une même étreinte.

ANNA.

C'est très-bien.

(On commence à chanter dans la pièce voisine.)

        Mais qu'entends-je ? Oh ! les touchants accords !

EUGÉNIE.

Bon, c'est le chœur qui vient seconder mes efforts.

*(ANNA et EUGÉNIE écoutent chanter. Vers la fin du morceau, neuf choristes arrivent sur la scène, à la suite de leur maîtresse de chœur.)*

---

## SCÈNE II.

### LES MÊMES, LOUISE ET NEUF CHORISTES.

ANNA, *à Louise.*

Nous avons entendu votre brillant cantique.

LOUISE.

Et puis, qu'en pensez-vous ?

ANNA.

L'air en est magnifique.

LOUISE.

Aussi, j'espère bien me distinguer ce soir.

EUGÉNIE.

Louise, en fait de chant, on connaît ton savoir.
Mais qu'as-tu préparé pour notre Sainte-Enfance ?
C'est que nous attendons un morceau d'éloquence.....
Nous en avons besoin : depuis un bon moment,
( Qui l'aurait dit d'Anna ?) Je prêche vainement.

LOUISE.

Cette œuvre a, pour ma part, toutes mes sympathies.
Je lui réserve un chant....

EUGÉNIE, *aux choristes.*

Et vous, enfants chéries,

Vous l'aimez, n'est-ce pas ? l'Association
Bientôt sur son registre inscrira votre nom ?

UNE CHORISTE.

J'y serai.

UNE AUTRE CHORISTE.

Moi, j'y suis. Mais, à présent, j'ignore
Si ma mère voudra que j'y demeure encore.

EUGÉNIE.

Pourquoi ?

LA 2ᵉ CHORISTE.

Ce matin même, à son divin banquet,
Pour la première fois Jésus me convoquait.

EUGÉNIE.

Tu n'auras rien à perdre en étant agrégée.
Qu'en dis-tu, chère Anna ? N'est-tu donc pas changée ?

ANNA.

Je crois que, sans risquer de passer pour enfant,
Je puis être agrégée.

EUGÉNIE.

Ah ! que c'est consolant !

ANNA.

Mais dois-je à mes parents imposer cette aumône ?

EUGÉNIE, *avec surprise.*

Tiens !

ANNA.

Que de frais déjà je leur occasionne !

EUGÉNIE.

Encore un vain prétexte ? Ah ! combien de soupirs,
Avec le seul argent de tes menus plaisirs,

Tu pourrais épargner aux enfants de la Chine !
Sans être riches, va, fort bien je m'imagine
Que nous pourrions donner de notre propre fonds ;
Mais nous voulons avoir des joujoux, des bonbons.
Ah ! je le disais bien : oui, c'est l'indifférence
Qui cherche à se parer des traits de la prudence.

*( A Louise. )*

Louise, à mon secours !..,.

( Louise semble ne pas la comprendre. )

Quel silence mortel !
On se tait sur la terre, adressons-nous au ciel.

( Eugénie tombe à genoux. )

Bel ange, protecteur de cette œuvre sublime
Pour laquelle mon cœur d'un saint zèle s'anime,
Oh ! daigne en ce moment me prêter ton appui !

( On frappe à la porte. )

#### LOUISE.

Quelqu'un frappe.

#### EUGÉNIE.

Ouvrez-donc. Grand Dieu ! si c'était Lui.

ANNA, *s'avançant vers la porte qui s'ouvre d'elle-même.*
Je suis perdue, ô ciel !

#### EUGÉNIE.

Qu'as-tu vu ?

#### ANNA.

C'est un ange.

TOUTES, *en tombant à genoux.*

Mon Dieu ! quelle frayeur !

## SCÈNE III.

### LES MÊMES ET L'ANGE DE LA Ste-ENFANCE,

*tenant à la main une couronne et un album.*

L'ANGE.

Jeunes enfants, qu'entends-je ?
Relevez-vous. *( On se relève.)*
Je suis un ange du Seigneur ;
Et vous, n'êtes-vous pas des anges par le cœur ?
Si je suis votre frère, et si le ciel m'envoie,
Laissez sur votre front s'épanouir la joie.
A peine revenu du terrestre séjour,
J'offrais à l'Éternel un enfant (fleur d'un jour),
Quand Jéhova m'a dit : « Redescends sur la terre :
» Va chercher des amis à ton œuvre si chère. »

EUGÉNIE, *avec un air de satisfaction.*

La Sainte-Enfance ?

L'ANGE.

Bien : je suis déjà compris.
Aussi prompt que l'éclair, à l'instant j'ai repris,
Sur l'ordre de mon Dieu, mes éclatantes ailes :
Je m'élance soudain des voûtes éternelles.
Je viens à vous d'abord, sûr d'avoir bon accueil.
Car, un ange m'a dit avec un saint orgueil :
« Il est dans *Avignon* (1) de charitables âmes
» Que dévore en secret la plus pure des flammes :
» Telle est la jeune enfant dont je suis le gardien.
» Eugénie est son nom : elle le porte bien.

(1) On doit substituer au mot *Avignon* le nom du pays où
ce Dialogue est représenté.

» Depuis que les Chinois ont ému son cœur tendre ,
» Il n'est rien que pour eux elle n'ose entreprendre.
» Mais , hélas ! le succès ne la suit pas toujours :
» C'est de toi qu'elle attend un généreux secours. »
‚ Ta prière , Eugénie , à mon cœur a su plaire.
Non, tout n'est pas perdu : travaille, mais espère.
Et d'abord , ô ma sœur, accepte de ma main
Cet encouragement à l'amour du prochain.

(L'ange couronne Eugénie.)

#### EUGÉNIE.

Merci ! bel ange. Ton visage
Éblouit par ses traits vermeils ;
Mais la douceur de ton langage
Va faire goûter mes conseils.

#### L'ANGE.

J'espère bien que si je plaide
En faveur des petits Chinois ,
Tu verras venir à ton aide
Ces compagnes que j'aperçois.

#### UNE 5ᵉ CHORISTE.

Est-il vrai que loin de leur mère ,
Ils ont mille morts à souffrir ,
S'ils n'ont le bonheur de lui plaire
Quand leurs yeux viennent à s'ouvrir ?

#### L'ANGE.

Oui , tandis que l'on environne
De tant de soins votre berceau ,
Leur mère , hélas ! les abandonne ,
Ou devient leur propre bourreau.

### UNE 4e CHORISTE.

Autant l'exécuteur du crime
Fait naître en moi d'aversion,
Autant l'innocente victime
M'inspire de compassion.

### L'ANGE.

S'ils avaient du moins le baptême,
Ils seraient admis dans le ciel,
Témoin l'enfant qu'aujourd'hui même
J'ai porté devant l'Éternel.

### UNE 5e CHORISTE.

Mais, bel ange, que faut-il faire
Pour sauver ces pauvres petits ?
Faut-il pour leur servir de mère,
Voler vers ce lointain pays ?

### L'ANGE.

Calme toi : le Missionnaire
Près d'eux s'est déjà transporté.
Il ne s'agit plus que de faire
Un appel à ta charité.

### UNE 6e CHORISTE.

Eh ! quoi ! c'est assez d'une aumône ?

### L'ANGE.

Et d'une prière au bon Dieu.

### LA 6e CHORISTE.

Dis-moi vîte ce que l'on donne.

### L'ANGE.

Un sou par mois.

LA 6e CHORISTE.

Oh ! c'est bien peu.

EUGÉNIE.

Qu'est-ce qu'un sou par mois ? Nous pouvons y suffire.

ANNA.

Oui, c'est vrai, je l'avoue.

L'ANGE.

Eh bien ! qui veut souscrire ?

TOUTES.

Moi ! moi ! bel ange.

L'ANGE.

Bon , vive la charité !
J'aime à voir ce combat de générosité.
Enfants, vous me prouvez que les faveurs insignes
Dont vous êtes l'objet tombent sur des cœurs dignes ;
Et moi , je vous promets que vos jeux fortunés
Ne pouvaient aujourd'hui mieux être assaisonnés.
Comment vous nommez-vous? Vos noms, je veux les prendre,
Et sur ma harpe d'or au ciel les faire entendre.
Approchez, mes enfants , approchez tour-à-tour :
Car , je vais remonter à l'éternel séjour.

(Chacune dit son nom à l'oreille de l'ange qui écrit sur
son album.)

L'ANGE , *après avoir fermé son album , continue :*

Vous êtes douze. Allons , chacune sa série !
Et puis, pour trésorière acceptez Eugénie.

**TOUTES.**

Oui ; bel ange.

**L'ANGE.**

A genoux ! Il faut nous dire adieu.

(L'on se met à genoux.)

Enfants , je vous bénis. Au revoir devant Dieu.

(L'ange sort : on se relève.)

---

# SCÈNE IV.

## LES MÊMES , EXCEPTÉ L'ANGE.

**ANNA.**

Quel prodige !... Ma sœur, que ta victoire est belle ?

**EUGÉNIE.**

Le Seigneur a voulu réchauffer notre zèle.
C'est à nous, à présent, de prouver au Seigneur
Que la reconnaissance anime notre cœur.
Essayons pour cela de devenir Apôtres :
L'ange a pris notre nom, prenons celui des autres.
Chacune sa série ! A ce désir si beau
Il m'en souvient, mes sœurs, vous avez fait écho.

**ANNA.**

Oui, oui, je te promets de remplir ma douzaine.

**TOUTES.**

Et moi, de même.

**EUGÉNIE.**

Bon , mon affaire est certaine.
Enfants, puisque vos cœurs battent pour les Chinois,

Pour eux faites aussi résonner votre voix.
Louise, apprends-nous donc la douce mélodie
Que tu dois nous chanter à la cérémonie.
Nous la répéterons à nos aimables sœurs :
C'est le plus sûr moyen de triompher des cœurs.

*Louise entonne le cantique de la* STE-ENFANCE :

Écoutez du fond de la Chine.

*Le chœur lui répond, en reprenant toujours le dernier vers.*

**FIN.**

# NOTICE

## SUR L'ŒUVRE DE LA SAINTE-ENFANCE (1).

———

L'Association des enfants chrétiens pour le rachat des enfants infidèles, en Chine et dans les autres pays idolâtres, arrache à la mort une multitude de ces petites créatures, que le caprice et la misère, les superstitions et la barbarie la plus hideuse et la plus dénaturée, détruisent par milliers et par centaines de milliers, soit dans les eaux des fleuves et les abimes de la mer, soit sous la dent des chiens et même des pourceaux.

Mais au-dessus de cette vie terrestre et physique à laquelle les enfants rachetés ne peuvent pas toujours être conservés, il est une vie bien préférable que leur assure le baptême ; c'est la vie spirituelle qui se change en une vie céleste et éternelle, quand, du sein des eaux régénératrices, l'âme de ces enfants prend son essor vers les cieux.

Tous les Associés de la Sainte-Enfance deviennent par là non-seulement les frères et les sœurs, mais encore les pères et les mères des pauvres petits enfants infidèles. Ce sont eux qui leur donnent, pour ainsi dire, une seconde fois la vie corporelle en la leur conservant, et qui leur procurent la vie spirituelle en les mettant dans le cas de recevoir le baptême.

(1) Voir le commencement de la Notice au Dialogue précédent.

Le pieux évêque de Nancy avait trouvé un moyen de resserrer encore ces liens de charité, et de faire sentir plus vivement au cœur des enfants chrétiens la consolation intime de leur sainte bienfaisance. Ce moyen ingénieux c'est l'imposition du nom de baptême.

Or voici les règles à suivre en cela.

Aujourd'hui que l'Œuvre a atteint son dernier but, qui était d'établir des écoles aux frontières de la Chine, les aumônes sont partagées entre quatre objets principaux, le baptême, le rachat, l'adoption et l'éducation dans les écoles intérieures, enfin les écoles extérieures.

Puisque le quart à peu près des aumônes doit être affecté aux baptêmes, il semble convenable que le quart des Associés y soit spécialement intéressé. Les noms de baptêmes sont donc tirés au sort dans la proportion de trois dans chaque série de douze.

Ce tirage au sort, une fois dans l'année, est une pratique pieuse qui peut s'accomplir dans l'église. Car il faut y voir une récompense laissée au choix de Celui qui gouverne le hasard, et, selon la parole des Saintes Ecritures, tempère les sorts.

On a pensé que l'on pourrait aussi profiter d'une réunion exceptionnelle, comme celle d'une fête de Congrégation. C'est la conclusion naturelle de la petite scène que l'on va représenter.

———

# AGATHE

ou

# L'HEUREUSE SURPRISE

### PERSONNAGES :

AGATHE , jeune associée de 9 ans.
ANGÈLE , maîtresse des cérémonies.
CÉCILE , maîtresse de chœur.
UNE PETITE CHINOISE , âgée de 6 ans.
UNE RELIGIEUSE.
LA PRÉSIDENTE de la Congrégation
CHORISTES.
Troupe de jeunes enfants.

*La scène se passe dans un vestibule qui est attenant à
la salle où se réunit la petite Congrégation.*

---

## SCÈNE 1re.

### LA PRÉSIDENTE DE LA CONGRÉGATION ET ANGÈLE.

#### LA PRÉSIDENTE.

Ainsi, ma chère enfant, je compte sur ton zèle.

#### ANGÈLE.

Oui, ma mère, il suffit ; et croyez bien qu'Angèle
De ce lieu réservé saura garder le seuil.
C'est qu'il faut tout de même avoir bon pied, bon œil,
Pour faire face à tout.

#### LA PRÉSIDENTE.

        Expliquons-nous, ma fille.
Nous devons nous attendre à nombreuse famille ;

Sans qu'il soit fait appel aux volages esprits,
Qui d'un monde trompeur sont follement épris.
Nous aurons ces enfants que Jésus, à sa table,
Ne nourrit pas encor de sa chair véritable,
Mais à qui l'on dispense ou le lait maternel,
Ou de l'instruction le lait spirituel.
Parmi ces jeunes cœurs beaucoup seront des nôtres ;
Beaucoup même déjà se montrent des apôtres.
·Pour ne t'y point tromper, demande seulement
Si de la Sainte-Enfance on veut l'accroissement.
A celles que ce mot te semblera surprendre,
Tu dois fermer la porte.

ANGÈLE.

Il est bon de s'entendre.
Ma mère, désormais l'on peut compter sur moi.

LA PRÉSIDENTE.

J'y compte, chère Angèle, en m'éloignant de toi.

(Elle sort.)

---

## SCÈNE II.

ANGÈLE, *seule.*

Quel est donc ce mot d'ordre et qui veut-on exclure ?
Sans doute ces esprits, tout fiers de leur parure,
Qui viendraient dans nos rangs porter la vanité,
Et refroidir des cœurs brûlants de charité.
Ah ! que l'on a raison ! Mieux vaut à l'innocence
Offrir dans cet asile une sûre défense ;
Mieux vaut développer, au sein des cœurs biens nés,
Cet amour qui s'adresse à tant d'infortunés.
Pauvres petits chinois ! Des mères criminelles

Vous causent bien souvent des angoisses cruelles ,
Quand ce n'est pas la mort....
(Voix du dehors.)
Peut-on entrer chez vous ?

**ANGÈLE.**

Qu'ai-je entendu?.. Que vois-je?.. Allez, et filez doux.
(Apercevant des mondaines.)
Des mondaines ici ! C'est une chose indigne.
(Voix du dehors.)
C'est vrai , nous nous trompions.

**ANGÈLE.**

Et moi, j'ai ma consigne.
Libre à vous de choisir le large et grand chemin ,
Et d'aller à l'abîme en vous donnant la main.
Fermons la porte.. Eh quoi!.. Comme le tableau change!
(Avant de fermer.)
Dois-je en croire mes yeux ?.... Oh ! le costume étrange!
Et d'où vient cette enfant?.. Entrez, ma sœur, entrez.
(La porte se ferme.)

## SCÈNE III.

### ANGÈLE , UNE RELIGIEUSE , UNE PETITE CHINOISE.

**LA RELIGIEUSE.**

Que la paix du Seigneur règne en ces lieux sacrés !
Ma fille , n'est-ce pas , dans cette humble retraite
Que de la Sainte-Enfance on célèbre la fête ?

**ANGÈLE.**

Oui , ma sœur, c'est ici.

LA RELIGIEUSE.

Quel bonheur est le mien !

ANGÈLE.

Et quel n'est pas le nôtre ! Ah ! l'on reconnaît bien ,
A ce trait qui s'appelle une surprise heureuse ,
De notre bon pasteur l'âme si généreuse.
Je cours vous annoncer.....

(Voix du dehors.)

Ouvrez-nous , ouvrez-nous.

ANGÈLE.

Qui frappe encor là-bas ?.....

(Elle ouvre.)

Enfants , que voulez-vous.

(Une troupe d'enfants entrent.)

## SCÈNE IV.

LES MÊMES , UNE TROUPE DE JEUNES
ENFANTS.

PLUSIEURS ENFANTS.

Nous venons à la fête.

LA RELIGIEUSE.

Oh ! quelle foule immense

PLUSIEURS ENFANTS.

Nos mamans nous ont dit : Avant qu'elle commence ,
Hâtez-vous ?

ANGÈLE.

C'est très-bien. Les ordres que j'avais
S'accordent en ce jour avec tous vos souhaits.
Mais voici notre mère.

# SCÈNE V.

## LES MÊMES, LA PRÉSIDENTE.

LA PRÉSIDENTE.

Eh bien ! ma chère Angèle.

ANGÈLE.

Ma mère, de ce pas, j'allais........

LA RELIGIEUSE A LA PRÉSIDENTE.

Mademoiselle,
Puis-je toujours compter sur l'hospitalité ?

LA PRÉSIDENTE.

Qui vous était promise ?... en toute vérité,
Ma sœur.

LA RELIGIEUSE.

Dieu soit béni !

LA PRÉSIDENTE.

Laissez que je vous dise
Le plaisir que nous fait votre douce surprise.
Vous avez donc voulu nous plaire jusqu'au bout,
Puisque vous amenez........

LA RELIGIEUSE A LA PETITE CHINOISE.

Allons fais *Kho-théou*,
Mon enfant, ma gâtée.
                    (La chinoise fait une prosternation.)

LA PRÉSIDENTE.

Ah ! comme elle est gentille !
Viens, viens, que je t'embrasse, aimable jeune fille.

Il me tardait vraiment, en ce jour de bonheur,
De faire ce présent à notre bon pasteur.

LA RELIGIEUSE.

A ce père chéri, protecteur du jeune âge,
Je veux également présenter mon hommage.

LA PRÉSIDENTE.

En attendant qu'il vienne au pieux rendez-vous,
Ma mère, en cette salle entrons, reposons-nous.
Et toi, de ton côté, tiens ce monde tranquille,
Angèle, je t'en prie.

ANGÈLE.

Il serait plus facile
De commander aux flots et d'en être obéi,
Que de se faire entendre à ce monde ébahi.

LA PRÉSIDENTE.

Eh bien ! je t'enverrai quelques congréganistes,
Je t'enverrai surtout Cécile et ses choristes,
Mais les voilà.

---

## SCÈNE VI.

### LES MÊMES, CÉCILE ET LES CHORISTES.

LA PRÉSIDENTE.

Cécile, essayez de chanter
Le morceau que l'on doit bientôt exécuter.

CÉCILE.

Oui, ma mère.

LA PRÉSIDENTE.

Au revoir. Et vous, soyez bien sages.

PLUSIEURS ENFANTS.

Oui, oui, nous le serons.

LA PRÉSIDENTE.

Pour avoir des images.

(Elle sort avec la religieuse et la petite chinoise.)

---

# SCÈNE VII.

## ANGÈLE, CÉCILE, LES CHORISTES ET LES ENFANTS.

CÉCILE.

En vertu du conseil qu'à l'instant je reçois ,
Enfants, veuillez chanter d'une commune voix.

ON CHANTE :

Ecoutez , du fond de la Chine.

(Vers la fin du cantique, arrivent la présidente, la religieuse
et la petite chinoise.)

---

# SCÈNE VIII.

## LES MÊMES, LA PRÉSIDENTE, LA RELIGIEUSE ET LA PETITE CHINOISE.

LA PRÉSIDENTE.

Approchez, mes enfants, que ma sœur vous révèle ,
Pour l'une d'entre vous , une bonne nouvelle.

PLUSIEURS ENFANTS.

Est-ce pour moi ?

PLUSIEURS AUTRES.

Pour moi ?

LA PRÉSIDENTE.

Vous allez le savoir.
Et d'abord, acceptez, ma sœur, de vous asseoir.
(A la religieuse.)

LA RELIGIEUSE.

Merci de cet honneur qui me touche et me flatte !
(Elle s'assied.)
Eh bien ! qui d'entre vous porte le nom d'Agathe ?

AGATHE.

C'est moi, ma sœur.

LA RELIGIEUSE.

C'est vous ! ainsi donc, jeune enfant,
Votre nom est sorti de l'urne, triomphant ;
Et ce nom, prononcé sur la plage lointaine,
Un jour vous a valu l'honneur d'être marraine.
Ma petite gâtée, Agathe, mon bijou,
(A la petite chinoise.)
A ta jeune marraine, allons, fais *Kho-théou.*

AGATHE, *courant embrasser la petite chinoise.*

Assez, assez d'honneur, je veux la mettre à l'aise.
Agathe, embrassons-nous à la mode française.
O ma chère filleule ! Oh ! comble de bonheur !

LA PETITE CHINOISE, RIANT.

*Ki ! Ki ! Ki ! Ki ! ma, mou.*

AGATHE.

Mais depuis quand, ma sœur,
Suis-je donc sa marraine ?

### LA RELIGIEUSE.

                          Enfant, si la mémoire
Vous échappe en ce jour, écoutez votre histoire.
On vous offrait alors à l'Association ;
Alors comme aujourd'hui la Congrégation
Célébrait une fête. Hélas ! à la même heure ,
On pleurait dans la Chine , et toujours l'on y pleure.
Pourquoi ? vous le savez, Agathe ; vous aussi ,
Vous le savez , enfants, qui vous pressez ici.
Non , ce n'est pas pour rien que, dès votre bas-âge,
Vous faites de l'aumône un doux apprentissage ;
Qu'on vous dit de prier pour les pauvres chinois ,
Innocents comme vous ; moins heureux mille fois.
Malheureuses surtout sont les petites filles ,
En qui l'on ose voir la honte des familles ;
Funeste préjugé qui, même chez les grands ,
Est un arrêt de mort pour des milliers d'enfants.

### PLUSIEURS ENFANTS.

Est-il possible ? O ciel !

### LA RELIGIEUSE.

                          Combien d'autres victimes ,
Dont les cris déchirants trahissent d'autres crimes !
Mais à ce souvenir je vois que votre cœur ,
A justement frémi d'épouvante et d'horreur.
Jetons un voile , enfants , sur ces affreuses scènes ,
Qui déshonorent l'homme en ces plages lointaines.
Laissez-moi vous montrer un plus riant tableau ,
Et de l'œuvre voyons le côté le plus beau.
Vous priez , n'est-ce pas , et chacune aussi donne
Ses douze sous par an. Or , grâce à votre aumône ,

Qui va s'élargissant comme un fleuve au long cours ,
D'une foule d'enfants nous rachetons les jours.
Un soin nous préoccupe au milieu de nos peines ,
C'est de vous acquérir le titre de marraines
Comment ? me direz vous ;  en imposant vos noms
Aux enfants rachetés et que nous baptisons.
Dois-je vous raconter l'innocent stratagème
Auquel nous recourons pour donner le baptême ?
Cent fois j'en suis bien sûre ,  on vous l'a déjà dit ;
Et pourtant écoutez ce tout petit récit.
Un enfant se mourait : en vain à la science
On avait demandé de calmer sa souffrance :
La mère qui portait ce précieux fardeau
Se retourne vers nous et réclame un peu d'eau.
Elle était loin de croire à l'effet de ces fioles
Que l'on verse en disant de mystiques paroles.
Son seul espoir était dans une eau de senteur ,
Qui n'était cependant qu'un parfum précurseur.
L'enfant est baptisé dans les bras de sa mère :
Il vivra, mais non pas d'une vie éphémère.
Deux ou trois jours après, ses beaux yeux se fermaient,
Et comme un frère aux cieux les anges l'acclamaient.
Agathe ,  mon bijou ,  cette histoire est la tienne ,

   (A la petite chinoise.)

Sauf que tu n'es point morte en devenant chrétienne.
Trois ans se sont passés depuis ce jour si beau :
Depuis trois ans aussi ,  ta mère est au tombeau ;
Mais à ce souvenir ,  mon enfant, sois sans crainte.
Sur tes parents aimés j'ai fait couler l'eau sainte ,
Le jour même où la mort vint leur ouvrir le ciel.
Ils t'auront devancée au royaume éternel.
Nous t'avions adoptée, ô ma pauvre orpheline ;
Et voilà qu'aujourd'hui la clémence divine

T'offre encore une mère. O nom doux à mon cœur,
Il faudra te céder à cette jeune sœur.

(En montrant Agathe.)

Dis, veux-tu demeurer auprès de ta marraine ?
(A la petite chinoise.)

AGATHE, à sa filleule.

Dis, oui ; car je te veux, ô mon ange, ma reine.

LA PETITE CHINOISE.

Oui, oui.

LA RELIGIEUSE.

Tu l'aimes bien ?

LA PETITE CHINOISE.

Oui, oui.

LA RELIGIEUSE.

Fais voir comment.

LA PETITE CHINOISE, étendant les deux bras.

Autant que je le peux.

LA PRÉSIDENTE.

Quel spectacle charmant !

UNE ENFANT.

Oh ! comme je voudrais avoir une filleule !

UNE AUTRE.

Une enfant de la Chine ? Ah ! tu n'es pas la seule.

LA PRÉSIDENTE.

Enfants, cette faveur Dieu peut vous l'accorder ;
Car au tirage au sort nous allons procéder.

FIN.

Avignon. — Imp. Aubanel fr.

www.ingramcontent.com/pod-product-compliance
Lightning Source LLC
Chambersburg PA
CBHW061614180626
46818CB00005B/2072